健康家装细节
1500例
卫浴、书房

⊙健康家装编委会 /编著

中国轻工业出版社

图书在版编目（CIP）数据

健康家装细节1500例. 卫浴、书房/健康家装编委会编著. — 北京：中国轻工业出版社，2012.1
ISBN 978-7-5019-8418-3

Ⅰ.①健… Ⅱ.①健… Ⅲ.①卫生间-室内装饰设计-图集②浴室-室内装饰设计-图集③书房-室内装饰设计-图集 Ⅳ.①TU767-64

中国版本图书馆CIP数据核字（2011）第174757号

责任编辑：白晶
责任终审：劳国强
责任校对：燕杰
装帧设计：新知互动
责任监印：马金路

出版发行：中国轻工业出版社
（北京东长安街6号，邮编：100740）
印　刷：北京昊天国彩印刷有限公司
经　销：各地新华书店
版　次：2012年1月第1版第1次印刷
开　本：889×1194　1/16　印张：6
字　数：160千字
书　号：ISBN 978-7-5019-8418-3
定　价：28.00元
邮购电话：010-65241695　　　　传真：65128352
发行电话：010-85119835 85119793 传真：85113293
网　址：http://www.chlip.com.cn
Email：club@chlip.com.cn
如发现图书残缺请直接与我社邮购联系调换
101474S5X101ZBW

目录
Contents

Chapter 01 书房风格设计

Chapter 02 卫浴空间色彩搭配

Chapter 03　地面装饰

Chapter 04　主体墙设计

Chapter 05　书房家具布置

Chapter 06　卫浴间洁具布局

Chapter 07　软装设计

随着人们生活水平的不断提高，人们的生活方式都得到了改变，审美观也随之发生了变化，传统、单调的卫浴间和书房渐渐被社会所淘汰，随之而来的是时尚、实用的健康家装。

现代健康家装越来越引起人们的注视，尤其是卫浴间、书房，这两者设计装饰得成功与否，会影响到家人的生活形象和品位。卫浴间、书房的设计装饰更要突出"健康"这一概念来。健康家装要求适应时代潮流，健康且时尚，是现代装饰不同于传统装饰之所在。那么，又如何将家装元素融入卫浴间、书房设计中来？怎样才能把现代却古朴的装饰风格引入卫浴间、书房？为此，我们编写了《健康家装细节1500例——卫浴间、书房》一书，通过对本书的阅读，您将会找到正确合理的答案。

《健康家装细节1500例——卫浴间、书房》主要就是介绍在家装设计中健康的卫浴间、书房细节设计的方法和技巧，针对业主最为关心的卫浴间、书房空间，汇集了健康家装的不同风格，不同理念的各种设计方案，精选了近四百余张案例图片，涵盖了家庭卫浴间、书房在局部装修设计中有可能涉及的各方面知识。其搭配原则、选购家具的要点、家具配置、饰物搭配、绿化布置、装修宜忌等，为家庭装修提供了极大的方便功能，是一本真正的"家庭装修图典"。细节也是影响卫浴间、书房舒适度的重要因素，如：墙壁装饰设计、地面装饰、顶棚装饰、家具布置、软装设计等是卫浴间、书房设计的关键，如果忽略了这些至关重要的细部空间，就会导致整体设计的失败。书中每个案例细节都做了精彩的点评，让读者对其设计亮点一目了然，以满足不同读者的参考需求。

书中图文并茂，风格多样、精美时尚，适合准备装修的家庭主人及装饰爱好者参考阅读。本书由新知互动策划并参与编写，因作者水平有限，书中难免有疏漏之处，敬请广大读者、专业人士指正并提出建议。

健康家装细节1500例

卫浴
书房

01
Chapter

书房风格设计

书房同其他居室空间一样，风格是多种多样的，很难用统一的模式加以概括。古人云："文如其人"，而室内装饰风格则是"室如其人"。书房宜清新淡雅，不宜过于花哨。书房在家居中虽然不比卧室、餐厅有着不可或缺的功能，但一间经过精心布置的书房不仅可以提供惬意的阅读空间，而且也会为整个家居增色不少。本章主要介绍三种风格的书房。

1.1 雅致风格书房设计

雅致风格打破了现代主义的造型形式和装饰手法

雅致风格是带有极强的文化品位的装饰风格，它打破了现代主义的造型形式和装饰手法，注重线型的搭配和颜色的协调，反对简单化，讲求模式化，注重人脉和人情味，在造型设计的构图理论中汲取其他艺术或自然科学概念，把传统构件重新组合在新的情境中，使不张扬的美充满温馨却不乏高贵，隐约中有种亲近的余味。

健康提示　书房不要打造成录音棚

安静的确是书房的第一要素，但是隔绝一切声音的书房会让人产生不适感，所以在装修书房时要选用那些隔音吸音效果好的装饰材料。实验证明，一定的背景声音能让人更好地集中精力，提高学习效率。

装饰细节
实木材质的椅子搭配黑白色调的椅套雅致大方，椅套上的图案与整个空间中的花卉相互呼应，温文尔雅。

装饰细节
实木书架简约而实用，充足的采光效果将自由、静谧等特点在空间中表现得淋漓尽致。

装饰细节
从环保材料到环保装修，从发光顶设计到彩雕背景墙……低碳家居生活无处不在。

装饰细节
实木收纳柜，厚实、稳重，搭配白色调墙面，雅致、大气，装饰效果突出。

**书柜
选购**

　　要仔细查看书柜的质量是否
合格，检查其质量说明书上标明
的木材种类，因为书柜一定要选
择结实耐用的木材；还要看书柜
外面所刷油漆是否光滑均匀，靠
近书柜闻闻油漆是否有刺鼻气
味，如果有刺鼻气味，就最好不
要购买；开合书柜的柜门，看是
否顺畅，如果出现咯吱咯吱的声
音，则最好也不要购买。

1.2 现代风格书房设计

现代风格的书房装修令人在休息和阅读时达到惬意的感觉

现代风格强调的是简洁、明了，抛弃了许多不必要的附加装饰，以平面构成、色彩构成、立体构成为基础进行设计。采用这种风格设计的书房大都极富时代性，令人耳目一新。现代风格常常采用抽象绘画和雕塑来装饰，打破一些乏味、单调、生硬的线条，以期获得完美丰富的空间感受。

健康提示 "绿色"书房

书房绿化装饰是以自然界的绿色植物为主要材料，装饰、美化居室空间，创造富有大自然气息、清新、宁静、温馨的阅读环境，它是现代居室装饰的重要手法之一。书房里的绿化，增加了不少生活情趣，减少了阅读的枯燥感，能愉悦人的视觉、陶冶情操。

装饰细节
纯白色的粗布沙发搭配相同面料的条纹状靠垫，素雅、简洁，和空间中的地毯形成统一的风格，简约时尚。

装饰细节
书房的黑白色书柜，为空间营造出恬静、高雅的读书氛围，能让人静下心来读书学习。

精彩看点 *1* 斑马纹的沙发

精彩看点 *2* 棕色装饰品架

精彩看点 *1* **斑马纹的沙发** 黑白条纹相间的斑马纹沙发在空间中显得非常醒目，深色实木书架搭配色彩跳跃的书籍使人心情愉悦，营造出安静舒适的空间氛围。

精彩看点 *2* **棕色装饰品架** 棕色装饰品架材质高贵，样式高雅，稳重得体，与白色三层书桌搭配营造出整洁安静的效果，两个简易的沙发椅增添了空间的庄重感。

精彩看点 *3* **白色铁艺短梯** 黑白色的书柜款式新颖、功能齐全，一架铁艺短梯可以协助主人自由摆放书柜上层的书籍，整体空间简约素雅，营造出一种书香的气息。

精彩看点 *4* **经典红黑搭配** 纯白色的墙壁衬托黑色的书柜与红色的沙发缔造出一种优雅、简约、时尚的氛围，令宽敞明亮的书房现代感十足。

精彩看点 *3* 白色铁艺短梯

精彩看点 *4* 经典红黑搭配

1.3 艺术风格书房设计

艺术风格书房使空间流畅，打造出别致的艺术氛围

艺术风格主要是指整体环境和生活习惯相融合，并形成一种自由、充满艺术气息的设计风格。家具大都选用流线线条，可使空间有流畅感；颜色则采用同一色系使整个房间统一格调。

装饰细节

原木书桌由天然材料构成，对环境无污染，可以放下心来，在桌前好好读书。

装饰细节

书房吊灯的独特装饰不仅不会让人觉得空间很空，而且光线好，在看书学习时，不影响视力。

精彩看点 *1* **书法装饰画** 在安静整洁的书房墙壁上挂一幅书法装饰画，使空间表现出一种文化致远的意境；窗前的书桌也非常有特色，令人悠然自得。

精彩看点 *2* **曲线型布艺沙发** 原木色的地板和书架相互融合，色调统一，摆放整齐的书和CD形成一种神清气爽的意境；曲线造型沙发独具特色，设计感强，拿一本心仪的书籍坐在沙发上阅读，简直是无比的惬意。

精彩看点 *1* **书法装饰画**　　　　　精彩看点 *2* **曲线型布艺沙发**

如果没有很好的自然光线，那么房间里要有良好的照明设施。这是一个最基本的条件，照明可以分为自然光和人造光两种，在自然光下阅读要注意用眼卫生，不要在光线强烈的情况下阅读；人造光即书房所使用的各类灯饰，它的光亮度要适当，太亮，太暗或是反光都会影响视力。

精彩看点 *3* 艺术花瓶的装饰

精彩看点 *4* 古典欧式的灯具

精彩看点 *3* **艺术花瓶的装饰** 书柜采用的是铝合金边的推拉门设计，透过透明玻璃可以看到摆放精美的瓷器和书籍，其中瓷器起到了装饰作用，同书籍的混搭突显文化修养；旁边的花瓶与整体设计十分搭配，艺术感、装饰性都很强。

精彩看点 *4* **古典欧式的灯具** 整个空间气氛稳重典雅，温馨舒适，厚重的欧式沙发浑厚稳重，一盏欧式风格的台灯营造出温暖祥和的气息。

精彩看点 *5* **书房安装的投影仪** 在宽敞的书房内安装一个投影仪，不仅可以在书房播放参考资料，而且还可以看电影，大屏幕的视觉效果让人感到无比惬意。

精彩看点 *6* **醒目的黄色沙发** 淡黄色的墙壁温馨舒适，黄色的沙发在整个空间中显得十分醒目，视觉上舒展开阔，展现出现代人的开放意识，深受年轻人的喜爱。

精彩看点 *5* 书房安装的投影仪

精彩看点 *6* 醒目的黄色沙发

装修书房要注重隔音效果。如天棚可采用吸音石膏板吊顶，墙壁可采用PVC吸音板或软包装饰布等装饰，地面可采用吸音效果佳的地毯，窗帘要选择较厚的布料，阻隔窗外的噪声。

装饰细节

书房放置的椅子既要精致美观，又要承重性能好。这把椅子除了具有这些特点外，它的装饰效果也不错，给人一种恬静之感。

装饰细节

主人书房的书桌，清漆饰面，自然、清新，其材质硬朗，做工优异，厚实、稳重，实用性强。

书柜尺寸

现在市场上许多书柜不注意根据不同书的高度和宽度进行设计，空间浪费很大。对于普通消费者来说，选择书柜时要根据自己已有的书籍和将来要添置的书籍决定书柜的样式。如果书籍多为32开本的，则没有必要选择那种层高和厚度均为大16开本书籍设计的书柜，以免白白浪费宝贵的空间。

健康家装细节1500例

卫浴
书房

02
Chapter

卫浴空间色彩搭配

色彩对人引起的视觉效果还反映在物理性质方面，如冷暖、远近、轻重、大小等，这不但是由于物体本身对光的吸收和反射不同的结果，而且还存在着物体间的相互作用的关系使人形成的错觉。舒适的环境能使疲惫的心情得以松弛和释放，为生活带来许多浪漫和温情。卫浴间色彩的搭配以洁具、墙壁、地面、窗帘等围绕主色调达到整体协调一致。

2.1 黑白色系卫浴
黑白色卫浴追求经典生活

　　黑白色卫浴设计可谓经典色打造经典卫浴时尚。现在人们对家居色彩的要求越来越高，逐渐开始享受纷繁色彩带来的奇异美感，大面积的黑白灰色已经越来越少见于居室之中，卫浴间的装饰更是以鲜亮颜色为主流。但如果您追求经典的生活，不妨采用原始的黑白色调，其实黑白卫浴设计带给你的不光是沉静的气息，更多的是一种升华的精神。

健康提示　浴室细节设计要周到

　　面积较小的卫浴间无法安装浴缸，可在淋浴区设置浴室专用的坐凳，并在墙壁上安装扶手，不仅可以方便家人舒适地坐着沐浴，还可保证老年人及行动不便者的安全。

装饰细节

黑色瓷砖的全面装饰，能体现出沉稳感。其与白色搭配在一起，既协调，又大体。

装饰细节

线条流畅的条纹瓷砖，给人一种轻快感，会让身心的疲惫很快烟消云散。

装饰细节

象牙白色陶瓷浴盆兼具洗浴、置物两种功能，墙壁的金属挂件与陶瓷质感搭配显得很和谐。

装饰细节

卫浴的墙壁用黑白色的马赛克铺设，配以素雅的洗手池，将浴室使用功能区分明确，装饰效果强。

装饰细节

整体空间线条感强，中规中矩，长方形的洗手盆及上方的大镜子令空间显得宽敞明亮。

装饰细节

灰色墙壁铺设纹理清晰，黑色台面易清理，明亮的镜子起到了放大空间的效果。

装饰细节

卫浴的墙壁用白色瓷砖，给人清洁、纯净、自然、欢畅的感觉。

装饰细节

用最简单的黑白棋盘格图案装饰墙面、地面，大胆而有规律的铺设让整个卫浴间简约而不简单。

精彩看点 *1* 流线型墙壁装饰　　　　　　　精彩看点 *2* 墙壁和地面装饰

精彩看点 *1* **流线型墙壁装饰**

墙壁的流线型设计使空间有一种流动的感觉，给黑白色的卫浴间增添了一些跳跃的元素，活跃了整个气氛。

精彩看点 *2* **墙壁和地面装饰**

卫浴间的色调以黑白为主，墙面同地板使用相同的防潮材料铺装，使单调的墙变得丰富起来，在整体视觉上让人感觉很精致。

精彩看点 *3* **严谨高雅的装饰空间**

卫浴空间宽敞大方，功能齐全，洗手盆区域设计得精致细腻，仅摆放常用物品，既满足日常生活需要，又能保持外观上的整洁和清爽。

精彩看点 *4* **马赛克和瓷砖的装饰**

黑白灰搭配是卫浴间里永不过时的配色，空间的装饰采用块状分割，令宽而大的空间看起来更加开阔明亮。

精彩看点 *3* 严谨高雅的装饰空间　　　　　　精彩看点 *4* 马赛克和瓷砖的装饰

2.2 粉红色系卫浴

粉红色卫浴浪漫富有激情

　　几乎大部分女孩子都会有粉红色的情结，喜欢在自己的世界里面做一个骄傲的公主，想要一个粉嫩的世界，粉粉的闺房，粉粉的客厅，甚至连私密的卫浴间也要粉粉的。正如蓝色通常与男人气质相联系一样，粉红色通常与女人气质相联系，粉红色代表可爱、浪漫、富有幻想色彩。

健康提示　选购浴柜时应注意什么?

　　1. 选购浴柜时，最好选择挂墙式、柜腿较高或是带轮子的，以有效地隔离地面潮气。

　　2. 购买浴柜时还应了解所有的金属件是否经过防潮处理的不锈钢，或是浴柜专用的铝制品，以使抗湿性能得到保障。

　　3. 仔细检查浴柜合页的开启度。若开启度达到180度，取放物品会更加方便。合页越精确，柜门会合得越紧，就越不容易进灰尘。

　　4. 挑选浴柜款式时，应保证不会影响到水管检修和阀门开启。

装饰细节
狂受年轻小资们追捧的粉色马赛克设计，设计出这个年代人独有的个性品位!

装饰细节
粉色系与白色的搭配，简约干净，高调的颜色衬托出女孩的优雅和柔美。

精彩看点 **1** **墙壁的马赛克花纹** 整个空间弥漫着轻柔、温馨的淡淡香气，粉色花卉的点缀清新典雅，墙壁上的马赛克花纹图案更是令空间气氛得到了升华，惬意感油然而生。

精彩看点 **2** **温馨浓烈的粉色调** 空间呈现出强烈的粉色调，粉红色的墙壁在灯光的照射下显得光彩夺目，悠然自得，散发出浓烈的气息。

精彩看点 **1** **墙壁的马赛克花纹**

精彩看点 **2** **温馨浓烈的粉色调**

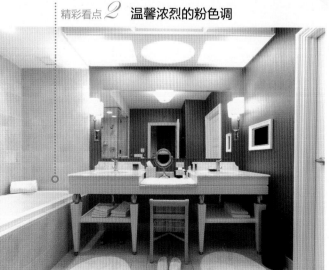

精彩看点 3　飘逸的粉红色卫浴间

精彩看点 4　粉红色马赛克墙壁

精彩看点 3　飘逸的粉红色卫浴间	当粉红色应用到了浴室用具、配件以及浴室的墙和窗帘上的时候，它形成了一种非常独特的潮流，整个空间女性化十足。
精彩看点 4　粉红色马赛克墙壁	整面墙大胆地采用了马赛克墙贴，白色和粉色相间的条纹形状令空间生动、活泼；镜子的装饰使得空间视野开阔，亮丽十足。
精彩看点 5　大胆的纯色块装饰	空间大胆采用了粉红色和橙色的墙壁，巧妙地搭配了色彩鲜亮的洗手盆，古色古香的镜子没有妖艳，没有庸俗，只有高贵和典雅。
精彩看点 6　瓷砖和马赛克的铺装	五彩缤纷的瓷砖使得浴室独特、活泼、明亮。如果想要效仿的话，贴瓷砖的时候要注意衔接，没有特定的规律需要遵循。

精彩看点 5　大胆的纯色块装饰

精彩看点 6　瓷砖和马赛克的铺装

装饰细节

粉色瓷砖，带着一点稚气，但颇有浪漫感，是女性的最爱。尤其将其装饰在卫浴间，会永葆青春。

1.安装洁具时，为防止配件丢失或损坏，如拉链、堵链等材料、配件应在竣工前统一安装。

2.洁具在搬运和安装时要防止磕碰。安装后洁具排水口应用防护用具临时封好，镀铬零件用纸包好，以免堵塞或损坏。

3.在冬季室内未供暖时，各种洁具必须将水放净。存水弯应无积水，以免将洁具和存水弯冻裂。

4.在釉面砖、水磨石墙面剔孔洞时，宜用电钻或先用小錾子轻剔掉釉面，待剔至砖底灰层处方可用力，但不得过猛，以免将面层剔碎或震成空鼓现象。

5.通水试验前应检查地漏是否畅通，分户阀门是否关闭，然后按层段分房间逐一进行通水试验，以免漏水使装修工程受损。

装饰细节

蓝粉色的墙壁恰到好处地调和了黑色与白色的强烈对比，镜子反衬出淡淡的粉色令空间温馨了许多。

装饰细节

墙壁的铺装同地面的铺设形成了对比，相互呼应，粉色花卉装饰宽敞的卫浴室，透着一股清新的田园气息。

2.3 黄色系卫浴
黄色系卫浴象征光明和高贵

黄色是阳光的色彩，具有活泼与轻快的特点，给人十分年轻的感觉。象征光明、希望、高贵、愉快。它的亮度最高，和其他颜色搭配很活泼，有温暖感，具有快乐、智慧和轻快的个性，有希望与功名等象征意义，黄色也表示土地，象征着权力，并且还具有神秘的宗教色彩。黄色被视为十分大胆的颜色，同时也是活力的标志，是活泼的、让人振奋的色彩。

健康提示 清洗浴缸

清洗亚克力浴缸时要用海绵或绒布，不要使用粗布、百洁布，不要使用任何含有颗粒状物体的清洗剂，最好能避免太阳光的直射和高温烟蒂的接触。最好用洗洁精清洗，也可用玻璃水清洁，勿用研磨清洗剂。铸铁浴缸每次使用后，要用清水冲洗，并用软布擦干。如遇到顽固污渍，可使用少量研磨清洗剂进行清洗。

装饰细节
黄色的空间与白色的浴缸是极其完美的搭配，灯光在玻璃的映衬下使得空间温馨感倍增。

装饰细节
在这个宽敞卫浴中，淡淡的黄色透过窗户，给人提供了一种敞亮感，整个空间充满着清新、活跃的气息。

装饰细节
卫浴间充满舒适惬意的家居氛围，细致周到的设计让人享受完美生活。

装饰细节
墙面质感浑厚，上面均匀涂刷的黄色防水漆，无毒无污染，环保和装饰效果都非常突出。

精彩看点 1　棕色墙壁装饰

精彩看点 1　棕色墙壁装饰　棕色的墙壁装饰不仅视觉效果出众，且更容易搭配不同的装饰风格，成为如今人们追捧的时尚潮流。

精彩看点 2　圆镜精彩别致　暖黄色的防滑砖和别具风情的圆形镜面设计对空间进行了放大，让人瞬间心平气和，忘记了所有的繁琐杂务。

精彩看点 3　暖色调卫浴间　暖黄色调的卫浴装潢，温暖之余又不失大气，舒适的设备和优雅的卫浴环境让人很容易就产生一种飘飘然的优越感。

精彩看点 4　浪漫的黄色调　这间卫浴采用了鲜艳的黄色墙壁和地毯，搭配亮丽的白色瓷砖和黑色地砖，使得卫浴充满了天真浪漫的气息。

精彩看点 3　暖色调卫浴间

精彩看点 4　浪漫的黄色调

精彩看点 *5* **清新简洁的卫浴**

精彩看点 *6* **精致豪华的卫浴**

精彩看点 *5* **清新简洁的卫浴** 黄色卫浴柜搭配白色的瓷砖清新自然，整洁明亮，整个色调显得十分和谐，朴实而不失整体感。

精彩看点 *6* **精致豪华的卫浴** 墙面和地面都运用了名贵大理石铺砌装饰，在黄色的主色调下，欧式风格卫浴柜和大理石台面完美地发挥出光彩，使整个空间富丽堂皇，尽显高贵。

精彩看点 *7* **色彩的视觉冲击** 色彩一直是家里最大的亮点，黄色墙壁装饰卫浴间能使人感受到颜色所带来的视觉冲击力。通过别致的色彩搭配，巧妙地反映出主人对于家的理解以及对于生活品位的追求。

精彩看点 *8* **温馨亮丽的气息** 为追求卫浴间的洁净感而选用白色系，但卫生间还可以很"炫"、很"酷"，黄色的墙壁衬托出温馨舒适的气氛，从而突显强烈的现代感。

精彩看点 *7* **色彩的视觉冲击**

精彩看点 *8* **温馨亮丽的气息**

2.4 紫罗兰色系卫浴
紫罗兰色系卫浴充满着神秘色彩

紫罗兰色是一种令人产生遐想的色彩，但它又是相当严肃的色彩。这种强烈的色彩，在某种程度上可隐藏其他色彩的不足，是一种容易搭配的颜色。紫罗兰具有调节神经、镇静安神的作用。紫罗兰色具有永恒的美丽，能给人带来愉悦的情感，能给周围环境带来爽朗的气氛。

装饰细节
紫色向来给人一种飘忽暧昧的感觉，无论何时何地，百变的紫色，一直是女人眼中的大爱。

🌿 **健康提示** 卫生间不宜放纸篓

卫生间里放纸篓会大大增加细菌繁殖的速度，使卫生间变成病毒繁殖场和传染源。一般的纸质物品扔进抽水马桶随水冲掉即可，而对于难以冲掉的卫生用品可自备方便袋将其带出卫生间扔进垃圾桶，这样可使卫生间既整洁又减少污染。

装饰细节
浴室里大多离不开玻璃，使用紫色的玻璃装饰卫浴的墙壁，给人一种优雅高贵的感觉。

装饰细节
清爽的紫色地砖营造出舒畅剔透的卫浴空间，透出安静、清凉的味道，抚住了夏日的躁动不安。

精彩看点 *1*　紫色系马赛克墙壁

精彩看点 *2*　木质百叶窗门装饰

精彩看点 *1*　**紫色系马赛克墙壁**　冷调的粉紫是调情的高手，紫色系马赛克墙壁上配一幅画，给沉闷的卫浴带来遐想，沉醉在这明艳的色调中享受全身心的放松吧！

精彩看点 *2*　**木质百叶窗门装饰**　在蓝紫色的卫浴中，深棕色的木质百叶窗式门帘与其风格十分协调，在纯白色的浴缸和金属质感的物件映衬下，房间立刻变得雅致起来。

精彩看点 *3*　**大理石的墙壁装饰**　富贵典雅的淡紫色大理石装饰的墙壁富丽堂皇，精彩夺目，椅子上的毛皮坐垫更是衬托出空间的华丽景象，在灯光下十分耀眼。

精彩看点 *4*　**紫色与红色的搭配**　淡紫色的墙面装饰十分大胆，搭配实木墙壁和红色玻璃台面十分得体，稳重而不失华丽；金属器件映衬出空间的华丽气息。

健康提示　**要使用软水清洗保养石材**

　　因硬质水会在石材表面留下沉积物，这些沉积物会使表面颜色变暗并会与石材表面发生化学反应。而清除这些沉积物需要使用化学产品。在清除掉污渍的同时，化学药剂也损害了石材。 所以，在保养石材过程中要使用软水。

精彩看点 *3*　**大理石的墙壁装饰**

精彩看点 *4*　**紫色与红色的搭配**

精彩看点 6　黑、白、紫的搭配

精彩看点 5　清凉的蓝色卫浴间

精彩看点 5　**清凉的蓝色卫浴间** 夏日，清凉的蓝色让人感受到水荡漾，境悠然。将自己的卫浴间布置成海洋的颜色，充满爱琴海的浪漫风情，仿佛徜徉在晴朗的天空下，湛蓝的海边，沐浴阳光。

精彩看点 6　**黑、白、紫的搭配** 淡紫色墙壁设计使身心得到放松，舒缓精神，黑、白、紫的搭配经典时尚，将主人的个性展现无遗。

精彩看点 7　**曼妙的紫色卫浴间** 沐浴在这优雅曼妙的空间里，让人联想到爱琴海的美丽风光。灯光映射着墙壁，柔和在浅色的基调里，让人心情灿烂，舒畅。

精彩看点 8　**优雅华丽的卫浴间** 整体空间色调统一，紫红色的墙壁搭配同色系的卫浴柜清新、典雅；一盏个性十足的地灯点燃空间的激情，装饰性非常强，光艳悦目。

精彩看点 7　曼妙的紫色卫浴间

精彩看点 8　优雅华丽的卫浴间

2.5 棕色系卫浴

棕色系卫浴稳重、高贵、深沉

棕色给人一种沉稳、高贵之感，大面积的棕色浴室柜和造型硬朗的浴具搭配，营造出平稳却不乏生动的空间。由于棕色属于色相过高、明度过低的色彩，因此不太适合空间较小的卫浴。另外，大面积使用棕色，还需注意采光环境，若光线充足，会给人深沉、温暖的感觉；但空间较小、采光不足的卫浴间在使用棕色时须谨慎，可适当搭配白色或米黄色等作为辅助色彩。

健康提示　恒温按钮保安全

无论是淋浴器还是浴缸，最好选择有恒温按钮的花洒，以避免洗浴时小孩子误按开关，水温突然升高，造成烫伤。

装饰细节

红褐色的桃木，质密细腻，木体清香，适合用在卫生间里，让卫生间充满自然韵味。

装饰细节

在这间棕色的卫浴中，圆形玻璃镜搭配洁白的面盆，让本来洁净的卫浴更增添了不少通透感。

装饰细节

陶瓷面盆的釉面质量是关键的环节，优质的釉面"蜂窝"极细小，光滑致密，不易脏。而且吸水率越低的产品越好。

装饰细节

这间浴室除了有排气扇外，还有窗子可以为浴室通风换气，使得空间气息流畅，在洗浴时，会使人愉悦爽心。

精彩看点 *2* **瓷砖打造独特卫浴柜**

精彩看点 *1* **实木、大理石卫浴柜**

精彩看点 *1* **实木、大理石卫浴柜**

卫浴柜由实木和大理石材料设计而成，具有较强的收纳功能；台面上的绿色植物很好地装饰了空间。

精彩看点 *2* **瓷砖打造独特卫浴柜**

采用深棕色同色系的瓷砖组成小立柜，四层开放式的搁架让卫浴用品拥有足够大的收纳空间，最下层的木藤编制的篮子可以收纳需要封闭的物品。

精彩看点 *3* **墙壁卫浴柜的装饰**

由桦木制成的卫浴柜采用了棕色作为外部色彩，搭配玻璃柜门显得沉稳内敛、质朴醇厚，艺术性极强。

精彩看点 *4* **棕色实木台面装饰**

棕色是平稳的基调，用它装饰的卫浴空间既富有个性，又体现一定的生活品位。实木质地的台面尽显高贵。

精彩看点 *3* **墙壁卫浴柜的装饰**

精彩看点 *4* **棕色实木台面装饰**

在安装石材之前最好先进行以下两种防护：一是先对石材进行内部防护，即使用渗透性的硅树脂溶剂进行防护，最大限度地降低吸水率；二是对石材进行表面防护，即使用具有防水防油性能的含氟聚合物来降低矿物质沉积物和肥皂水等酸性或碱性污渍对石材的损害。

精彩看点 *5* 条形瓷砖的装饰

精彩看点 *6* 盥洗台设计别致

精彩看点 *5* **条形瓷砖的装饰** 此卫浴间空间相对较小，条形瓷砖的墙面铺设令空间有了延伸舒展的效果，同时使空间不至于显得很单调，整体素雅、大方。

精彩看点 *6* **盥洗台设计别致** 炎炎夏日，真希望家中每一个角落都是清清凉凉的，实木浴柜搭配椭圆型洗手盆令空间充满低调的华丽感。

精彩看点 *7* **素雅清新的气息** 此间卫浴素雅、简洁，棕色的墙壁搭配白色的盥洗台古朴、自然；绿色植物的点缀令空间充满了生机。

精彩看点 *8* **自然风格的卫浴间** 自然风格的卫浴间设计体现在材质的选取、器具的造型和色彩的定位上，更体现在空间的规划和意境的营造上。

精彩看点 *7* 素雅清新的气息

精彩看点 *8* 自然风格的卫浴间

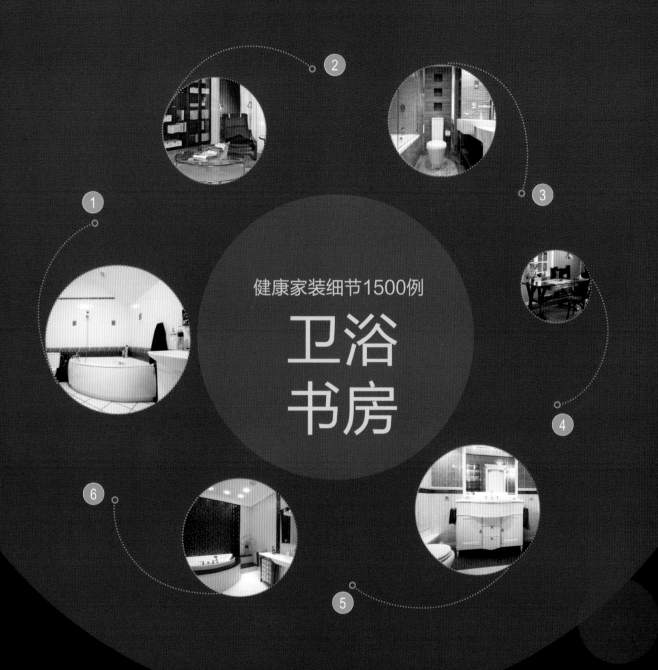

健康家装细节1500例

卫浴
书房

03

Chapter

地面装饰

地面装饰材料丰富多样，选用地面材料时，既要考虑装饰性，又要尽量保证耐磨性、脚感舒适性、安全性、洁净性和可更换性。地面材料是所有装饰材料使用条件最恶劣、影响使用效果因素最多、最容易出现选用失误而又是最不可少的材料，因此，选用时应根据地面的实际要求全面考虑，争取能够足下生辉。

3.1 地板装饰书房地面
实木地板的装饰令书房温馨而舒适

书房要想营造一个良好的读书、学习环境，就要从地板开始。选择有利于环保的实木地板，是明智之举。因为实木地板拥有天然的原木纹理和色彩图案，给人一种自然、柔和、富有亲和力的质感，与书房其他装饰搭配，营造出完美的书房空间，使主人能在安静、舒雅的环境中，尽心享受阅读时光。

健康提示 强化木地板要选合格产品

强化木地板的基材是高密度板（HDF），质量合格的含有微量甲醛，甲醛释放后会成为一种有刺激性气体。消费者无须过于担心，合格的强化木地板对健康无碍。

装饰细节
敦厚自然的实木书架搭配原木色实木地板让空间看上去气势恢宏，温馨舒适。

装饰细节
清新的原木地板具有简单而不失典雅的色调，让空间看起来严谨而温馨，十分安逸。

装饰细节
原木色的地板搭配清新自然的原木色书架，仿佛回归了自然，淡紫色的墙壁渲染了气氛。

装饰细节
彩色墙壁的装饰赋予了空间一种典雅的气氛，呈现出强烈的艺术感，原木色的书柜搭配原木色地板十分协调。

装饰细节

深红实木地板的装饰富丽堂皇、尽显高贵；整个书房散发出浓厚的艺术气息，不同形式的摆设让空间流露出高雅的气息。

 地板选购

　　对面积较小的书房，铺地板应选购短板窄板，因为长板对选材要求高、损耗大，故价格高，而小板材料利用率高、价格便宜，且不易变形，经济适用。另外，长板裁减的损耗也比短板或窄板高。所以，为书房选择短板窄板，既不影响美观，又经济实惠。

3.2 地毯装饰书房地面
地毯装饰令书房漂亮而时尚

书房作为人们阅读、书写及业余学习、研究工作的空间，它是为个人而设的私人世界，是最能表现居住者习性、爱好、品位和专长的场所。现代年轻人越来越注重个性化的生活，地毯作为时尚家居中的一个部分，已经成为室内装饰的重要内容。然而地毯漂亮时尚固然重要，最重要的是它的舒适感和搭配在书房中的整体感。

健康提示 绿色环保的椰麻地毯

椰麻地毯采用纯天然的琼麻或椰子纤维织造而成，实用价值和保健功能都很高。纯天然的琼麻或椰子纤维具有平衡湿度，保持室内干爽，耐磨度高，透风性强，不易长尘螨，易于清理等优点，所以对人们的身体健康有益。

装饰细节
红色方形地毯同黑色方形书桌形成了强烈的呼应效果，使整体空间十分协调。

装饰细节
整个书房色彩温馨、热烈，铺设的地毯稳重、低调，协调了整个空间的气氛。

装饰细节
圆形块毯搭配原木色地板，同时同玻璃书桌形成呼应，给原本温馨的书房增添了几分灵动之感，十分惬意。

地毯选购

地毯按材料主要分为天然材料（毛、丝、麻、草）和人造材料（尼龙、丙纶等）两大类；按制作工艺主要分为手工编织和机器编织两种；按编织构造主要分为簇绒和圈绒两种。地毯在材质、花色的选择上，要根据个人的喜好，纯羊毛地毯脚感温暖，暗色系地毯使居室显得静谧，亮色系则能烘托欢快的气氛。

3.3 玻化砖装饰卫浴间地面
玻化砖装饰明净、大方、易清洁

　　玻化砖是由通体砖经过打磨形成的具有一定亮度的砖，与抛光砖相似。人们通常将吸水率低于**0.5%**的陶瓷称作玻化砖。玻化砖的表面一般不需要抛光处理，它明亮、光洁，易于打扫清洁，铺装后显得大方、漂亮。由于它的优点是便于打理，所以容易有污渍的卫生间地面很适合用玻化砖来装饰。相信用玻化砖装饰的卫生间，一定会营造出清爽、舒心的氛围来。

健康提示　如何去除瓷砖污垢

　　为保持瓷砖表面清洁又不损坏瓷面光亮，可以使用多功能去污膏进行清洁。对于瓷砖缝隙处，应先使用牙刷蘸少许去污膏去除污垢，再在缝隙处用毛笔刷一道防水剂即可，这样不仅能防渗水，且能防霉菌生长。

装饰细节
大块的玻化砖搭配米色卫浴柜令空间散发出古老尊贵的文化品位，温馨而静谧。

装饰细节
空间明亮醒目，原木色卫浴柜清新中透着香味，搭配灰色玻化砖令空间清新自然，稳重得体。

精彩看点 *1* 黄色大理石台面

精彩看点 *1* **黄色大理石台面** 黄色大理石台面在空间中显得十分醒目，白色的玻化砖地面和墙壁衬托出空间的稳重感，而台面上的镜子起到了放大空间的效果。

精彩看点 *2* **地砖与墙壁的设计** 卫浴间的地砖和墙壁是精心设计过的，空间时尚感强；欧式梳妆台在空间中尽显高贵，使人心情舒畅。

精彩看点 *3* **墨绿色墙壁装饰** 素雅的白色空间中闪耀着金色、墨绿色的点缀，使人备感温馨浪漫；地砖的铺设更是使空间有了一个延伸的效果，明净舒适。

精彩看点 *4* **温馨的米色调卫浴** 淡淡的米色气氛中，原木色的窗户，淡米色的地面搭配咖啡色的墙壁，让卫浴间有了一种回归自然的感觉。

精彩看点 *3* 墨绿色墙壁装饰

精彩看点 *4* 温馨的米色调卫浴

1

吸水率

按材质的吸水率将瓷
砖分为以下三种。

1.陶质：指吸水率高
于6%的陶瓷产品，主要用
于墙面装饰。

2.半陶半瓷：指吸水
率为3%~6%的陶瓷产品。

3.全瓷：指吸水率低
于3%的陶瓷产品，可广泛
用于墙面、地面装饰。

3.4 马赛克装饰卫浴间地面
马赛克的装饰活泼生动、富有生活气息

　　马赛克给人一种怀旧的感觉，因为它曾是十几年前装饰地面和墙面的材料。随着地砖、墙砖的不断出现和普及，这种小小的方块砖越来越少见。而近年来，马赛克又受到欧美室内设计师的青睐，除了它的怀旧感，还因为小方格组成的地面和墙面较大块地砖、墙砖更活泼、更富有生活气息。

健康提示　浴室酒精除菌法

　　浴室内由于潮湿易产生青黑色霉菌，可用棉球蘸适量酒精擦拭。平时最好每星期用稀释的酒精喷洒防霉。

装饰细节
亮丽的马赛克使得卫浴间很生动、活泼。易于加工的马赛克有害物放射比大理石、瓷砖小，使用安全。

装饰细节
整个卫浴空间宽敞素雅，灰色瓷砖、马赛克的装点处处呼应，错综有序，稳重而时尚。

装饰细节
橙色马赛克的地面铺设营造出空间独有的个性品位，时尚而富有生机，活泼而不失稳重。

精彩看点 *1* 卫浴间马赛克的装饰

精彩看点 *2* 黑、白相间的地面装饰

精彩看点 *1* 卫浴间马赛克的装饰

整个卫浴空间呈现黑、白、灰色调，简洁明快，地面的马赛克装饰颜色与整体色调和谐统一。

精彩看点 *2* 黑、白相间的地面装饰

黑白色块交替使用是家居装饰常见手法之一，但施工工艺也是相当高的，一旦不慎，经典就会变成遗憾，此卫浴将经典表现得淋漓尽致。

精彩看点 *3* 别出心裁的装饰

淡绿色系的卫浴空间中，地砖同墙壁装点得十分亮丽，清新自然感油然而生，可见大胆而不同寻常的装饰反而能营造出别出心裁的效果。

精彩看点 *4* 不规则的马赛克装饰

此卫浴空间色调呈现淡淡的黄色，而不规则的淡蓝色马赛克地面装饰同空间气息呈现出冷暖互补的效果，低调而稳重，素雅中流露着时尚。

健康提示 卫生洁具安装的一般规定

卫生洁具的给水连接管，不得有凹凸弯扁等缺陷。卫生洁具固定应牢固。不得在多孔砖或轻型隔墙中使用膨胀螺栓固定卫生器具。卫生洁具与进水管、排污口连接必须严密，不得有渗漏现象。坐便器应用膨胀螺栓固定安装，并用油石灰或硅酮胶连接密封，底座不得用水泥砂浆固定。浴缸排水必须采用硬管连接。

精彩看点 *3* 别出心裁的装饰

精彩看点 *4* 不规则的马赛克装饰

精彩看点 6　咖啡色马赛克装饰

精彩看点 5　马赛克铺装空间

精彩看点 5　马赛克铺装空间

空间地面及墙面全部使用马赛克铺装，丰富多彩而不失稳重，暖色的地面同冷色的墙面形成了很好的冷暖效果，别具一格。

精彩看点 6　咖啡色马赛克装饰

此卫浴空间使用白色和咖啡色马赛克分别铺装，其中咖啡色马赛克铺装的空间为淋浴空间，很好地将其与其他空间区分开，简约时尚。

精彩看点 7　分散效果的马赛克铺装地面

此空间呈现咖啡色系，地面的马赛克铺装分散、活泼、生动，同时又与空间的主色调相互呼应，达成协调统一的装饰效果。

精彩看点 8　淡蓝色卫浴中的马赛克装饰

利用细微的色彩变化打破了视觉上的惯性，清新的背景下，淡蓝色的卫浴氛围充满活力，使人兴奋，马赛克的装饰也与整体色调一致。

精彩看点 8　淡蓝色卫浴中的马赛克装饰

精彩看点 7　分散效果的马赛克铺装地面

3.5 仿古砖装饰卫浴间地面
仿古砖的装饰令卫生间再现自然状态

　　仿古砖是从国外引进的由彩釉砖演化而来的瓷质砖，是一个新品种。它带着古典的独特韵味，敲开了不少居家者的心扉。它所谓的仿古，只是在样式、颜色、图案上模仿了古人的足迹，但它有防滑、防污、抗菌、自洁等优点，非常适合用于卫生间的装饰。它的装饰不仅能营造出怀旧的氛围，最主要的是能营造出安全、保洁的卫生环境。

健康提示　　浴室镜子香皂除垢法

　　可先在镜子上涂一层香皂，再用干燥抹布擦干，此方法同样适用于浴室内的玻璃台面、支架及面盆。

装饰细节
暖黄色仿古砖铺设得十分讲究，与墙壁形成衔接统一的趋势；精妙的装饰使人精神焕发，惬意十足。

装饰细节
仿古砖的脚感非常舒适，踩上去有踏实、温暖、放松的感觉，另外，它还有防污、耐磨等特性。

精彩看点 *2*　个性十足的蓝色调

精彩看点 *1*　仿古砖应用于地面、墙壁

精彩看点 *1*　仿古砖应用于地面、墙壁

仿古砖极似天然石材，质地感、立体感强，将地面、墙壁铺设得稳重大气，纯白色的浴盆在空间中显得十分静谧，温馨舒适。

精彩看点 *2*　个性十足的蓝色调

青蓝色的地砖搭配相同色系的墙壁个性十足，原木色的卫浴柜与其形成对比，展现出美感。

精彩看点 *3*　欧式卫浴装饰

咖啡色调的卫浴间中，暖黄色的吊灯、淡黄色的仿古地砖将空间映衬得精致美妙，将雍容华贵的气息发挥得淋漓尽致。

精彩看点 *4*　暖色调卫浴铺装

整洁、简单的卫浴空间中，仿古花纹地砖同墙壁的铺装形成对比，空间呈现出暖色调，令人心情愉悦。

精彩看点 *3*　欧式卫浴装饰

精彩看点 *4*　暖色调卫浴铺装

精彩看点 5　棕色系仿古地砖

精彩看点 6　黑白灰装饰风格

精彩看点 5　棕色系仿古地砖　棕色的仿古地砖耐脏、耐磨，墙壁使用相同材质的装饰，使整个空间风格统一；墙壁上的灯槽装饰精妙，搭配纯白色的洁具十分生动。

精彩看点 6　黑白灰装饰风格　灰色的地砖铺装使空间有了质感，黑、白相间的墙壁装饰搭配得恰到好处，整体空间呈现黑、白、灰风格，时尚典雅。

精彩看点 7　浪漫的卫浴间　米色调的地砖铺设得井然有序，令卫浴间流露着浪漫的气息；透过窗户，一股清新扑面而来，惬意十足。

精彩看点 8　黄蓝相间的仿古砖　卫浴空间呈现淡蓝色，仿古地砖为黄蓝相间色调，清新自然，与整个空间相互呼应，令人产生遐想，备感温馨浪漫。

健康提示　及时清理浴缸管道堵塞

　　浴缸如果堵塞了，可先将去水阀门关闭，然后放适量的自来水在浴缸中；将橡皮吸引器（疏通马桶用）放置在去水阀门上；在打开去水阀门的同时，闷住盆或浴缸的溢水孔；而后快速地上下吸引，将污垢或毛发吸出来，及时清理掉。在堵塞比较严重的情况下，可以重复几次，直到疏通干净为止。

精彩看点 7　浪漫的卫浴间

精彩看点 8　黄蓝相间的仿古砖

精彩看点 *9*　沉着的欧式卫浴

精彩看点 *9*　沉着的欧式卫浴

整个卫浴空间深沉、静谧，橙色仿古地砖搭配深色实木卫浴柜沉着稳重，枣红色的墙壁映衬出整个空间的和谐气息。

精彩看点 *10*　清新宁静的卫浴空间

选用稳妥的卫浴间装饰风格，白色的墙壁，灰色仿古防滑地砖搭配粉绿色马赛克铺装，清新宁静，整洁大气。

精彩看点 *11*　清淡自然的卫浴空间

空间充满清淡自然的气息，木质盥洗台与艺术感极强的木质圆镜，搭配相同色系的仿古地砖十分和谐，体现出房屋主人对待生活的美好感触。

精彩看点 *12*　灵动的卫浴空间

黄色系的卫浴间，淡黄色的仿古地砖在空间中显得十分和谐，透明玻璃映衬着整个气氛，构筑出唯美灵动的清爽效果。

精彩看点 *11*　清淡自然的卫浴空间

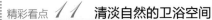

精彩看点 *12*　灵动的卫浴空间

3.6 大理石装饰卫浴间地面

大理石的装饰特点是美观、耐磨、高贵典雅

天然大理石具有自然的纹路，比较美观，质地坚硬，耐磨，防刮伤性能十分突出，其价格也适中。在室内装饰中，大理石被广泛用于高档卫生间的地面和墙壁、洗手间的洗漱台面和各种家具的台面等。

装饰细节

空间绚丽多彩，米色的大理石地面明净、亮丽，而且辐射性小，布置在卫浴间，安全感十足。

装饰细节

米色大理石地面装饰温馨、大气；蓝色和紫罗兰色显得格外跳跃，使得空间活泼、生动，充满生活气息。

精彩看点 *1* **整体一致的大理石铺装**

整个空间的墙壁和地面采用相同材质的大理石铺装，色调整体统一，透过阳光，空间中散发出浓烈的欧式卫浴的温馨气息。

精彩看点 *2* **欧式古典卫浴**

米黄色的空间氛围中，从地砖到墙壁都采用相同材质的大理石，呈现出高雅舒适的空间气质，绿色植物为空间带来了生机。

精彩看点 *1* **整体一致的大理石铺装**

精彩看点 *2* **欧式古典卫浴**

精彩看点 *3* 白色系中的细微变化

精彩看点 *4* 咖啡色卫浴间

精彩看点 *3* 白色系中的细微变化

洁白无瑕的空间中，乳白色的卫浴柜搭配米色大理石地砖和墙壁，整体中透露着微妙的变化；白色的花卉和艺术画装饰使得空间浪漫温馨。

精彩看点 *4* 咖啡色卫浴间

仿古大理石地砖搭配咖啡色的墙壁装饰，空间显得柔和、高贵，深色实木卫浴柜使得空间更加稳重，勾勒出一派悠闲的生活气息。

精彩看点 *5* 高低起伏的纹理

棕色大理石地砖搭配同色系的墙壁装饰，利用颜色的深浅和花纹的反差，拼凑出空间色调高低起伏的乐章。

精彩看点 *6* 浪漫温馨的卫浴间

淡黄色的空间中选用深色的墙壁装饰，在灯光的照射下衬托出空间的神秘奥妙，小块地砖的铺设打造出了浪漫、温馨的卫浴空间。

健康提示 定期抛光大理石表面

大理石表面最好进行定期抛光，而不是等石材表面颜色已经变暗，外观严重受损的时候再进行处理。可用液体抛光混合剂及时给大理石抛光。注意不要选用有可能损坏石材表面光泽的产品。

精彩看点 *5* 高低起伏的纹理

精彩看点 *6* 浪漫温馨的卫浴间

精彩看点 *7*　**大理石搭配鹅卵石**

精彩看点 *8*　**清凉的卫浴间**

精彩看点 *7*　**大理石搭配鹅卵石**

米色大理石地砖上使用鹅卵石装饰，色调统一，凹凸感强烈，搭配深色实木卫浴柜衬托出稳重而不失灵动的空间效果。

精彩看点 *8*　**清凉的卫浴间**

简洁明快的蓝色调在空间中显得活跃、清爽，米色大理石构建出温馨、浪漫的高雅卫浴空间。

精彩看点 *9*　**马赛克花纹的装饰**

乳白色的大理石搭配原木色的卫浴柜清新、质朴，咖啡色花纹马赛克的铺装令空间变得别致起来，突显高贵大气的居室气息。

精彩看点 *10*　**冷酷的卫浴间**

蓝色的马赛克墙壁装饰显得十分独特，搭配白色大理石地砖令空间清凉，紫色的沙发使得原本冷色调的空间变得更加冷艳。

精彩看点 *9*　**马赛克花纹的装饰**

精彩看点 *10*　**冷酷的卫浴间**

健康家装细节1500例

卫浴
书房

04
Chapter

主体墙设计

墙面的装修方式较多，处理手法也非常丰富，能够充分展示家庭装修的个性化。墙面始终处于人的视觉中心，是人们注意最多的地方，因此墙面装修好坏，对整个家庭装修的效果影响非常大。另外，通过对墙体的装修，还可以满足不同的使用功能。本章将根据不同的材料、设计风格及功能要求等进行解析。

4.1 木纹式面板装饰书房墙面
用木纹材质装饰墙壁令空间清新、舒适

随着实木地板的普及，越来越多的家庭开始使用木地板。近几年，人们不仅用实木铺设地面，也很流行用木纹式的面板铺装墙壁，甚至天花板也使用木纹面板装饰，设计出别开生面的效果。

健康提示 饰面板不能直接固定在墙上

装修用的饰面板一般都是比较薄的，软绵绵的没有强度，因此不适宜直接固定在墙上，即使固定了，也是没有平整度，易受潮变形。最好的办法是先在墙体上钉一个木挡，然后再固定饰面板。

装饰细节
书房的结构造型设计独特，顶面及其墙壁都使用木质板进行装饰，效果别致，令人心旷神怡。

装饰细节
温馨的暖色调弥漫在整个书房中，木纹壁柜的装饰别具特色，令空间呈现出中式复古韵味。

装饰细节
用木质板装饰墙壁，有防尘、不腐烂、吸声效果佳、强度高、装饰性好、施工方便、环保性能优的特点。

装饰细节
空间中的实木屏风将宽敞的书房进行了隔断，其除了隔断效果外，还给人一种安全感。

装饰细节
简洁的椅子与明快的书桌风格一致，局部书架的装饰精心别致，体现出简约舒适的空间效果。

实木家具

实木家具是指由天然木材制成的家具，家具表面一般都能看到木材真头的纹理，它不仅仅包括人们熟知的红木家具，还有许多其他实木材料制作的家具。

4.2 壁纸装饰书房墙面
壁纸装饰墙壁满足了个性的时代要求

　　如今，壁纸已成为装修的主旋律，可许多装修消费者不了解壁纸材质，导致在选购过程中遇到很多困难，容易走进误区。壁纸的环保性能高低取决于材质和用料档次、印刷工艺等方面，有条件可现场通过燃烧小样和闻味来鉴别。环保等级高的壁纸燃烧后没有异味、浓烟，灰烬是灰色粉末状；PVC壁纸有明显的塑胶味、档次低的壁纸有很浓的印刷油墨味。新开卷且没有异味的纸浆壁纸环保等级是优等的，建议不要在儿童房用PVC壁纸。

健康提示　　壁纸选择看标准

　　选择壁纸一定要看是否符合《室内装饰装修材料壁纸中有害物质限量》的标准，最好选择自然纤维壁纸或全纸壁纸。

装饰细节

典型的欧式书房中，书桌和书柜款式相同；米色壁纸的装饰同整体风格协调统一，尽显高贵。

装饰细节

无纺壁纸，不含PVC，透气性好，无助于霉菌生长，易于粘贴，易于剥离，没有缝隙，具有纯天然的优良品质。

装饰细节

整体风格装饰都采用实木材质，暗色的壁纸在空间中显得稳重、素雅，使空间流露出雅致的韵味。

装饰细节

和纸壁纸比普通壁纸耐用，结实且无虫蛀，产品稳定，同时它还具有防污性、防水性、防火性且色调统一无斑点。

装饰细节

硅藻土壁纸具有调湿、除臭、隔热、防止细菌生长等功能，可广泛地应用在书房、客厅、办公地点等场所。

4.3 乳胶漆装饰书房墙面
乳胶漆装饰的墙壁干净、整洁，是常用的涂料

　　乳胶漆是一种水性涂料，是以合成树脂乳液为基料，添加颜料、填料和一些助剂配制而成的一种有机涂料。乳胶漆的类别较多，水溶性内墙乳胶漆是其中之一，它色彩柔和，有无污染、无毒、阻燃等特点，用它来装饰书房墙壁，既安全又环保，可为您提供一个温馨、优雅的读书、学习环境。

装饰细节
书房墙面用环保性能优越的米色水溶性乳胶漆涂刷，色彩柔和，装饰效果鲜明。

装饰细节
洁白的墙壁和书桌色调统一，深灰色的地面使得空间变得稳重、大气。

装饰细节
家具与装饰相得益彰，米色墙壁散发出温馨气息，整个空间弥漫着浓厚的文化气息。

健康提示　墙面健康装饰材料的选择

　　家居墙面装饰尽量不大面积使用木制板材装饰，可将原墙面抹平后刷水性涂料，也可选用新一代无污染PVC环保型墙纸，甚至采用天然织物，如棉、麻、丝绸等作为基材的天然墙纸。

精彩看点 1　简约时尚的书房

精彩看点 1　**简约时尚的书房**　空间的搭配达到令人称奇的效果，温馨中流露着时尚，典雅中突显着高贵，乳胶漆墙壁搭配白色书桌使得空间洁白无瑕。

精彩看点 2　**白色乳胶漆墙壁**　地面和书桌及其书柜的搭配使得空间稳重，深沉，与白色乳胶漆墙壁形成对比，营造出浪漫的气息，玩具木马为空间带来了生机。

精彩看点 3　**黄色乳胶漆墙壁**　黄色乳胶漆装饰书房墙壁，搭配咖啡色书柜营造出温馨。收纳功能强的书柜，稳重、大气，实用性和装饰性兼具。

精彩看点 4　**黑白色调书房**　清新、淡雅的书房中黑色实木材质的书桌和椅子与白色乳胶漆墙壁形成了强烈的对比，同时也是经典的搭配，高雅端庄。

精彩看点 3　黄色乳胶漆墙壁

精彩看点 4　黑白色调书房

4.4 石膏造型装饰书房墙面
石膏装饰书房墙壁令空间充满艺术气息

　　装饰石膏主要用于室内墙壁和吊顶，具有防火、隔音、吸声的作用，还有美化装饰空间的效果，是现代居室内常用的装饰材料。

连体书架

　　墙壁同书架连成一体，造型独特，强调了空间的独立性，突显个性，令空间看起来宽敞了许多。

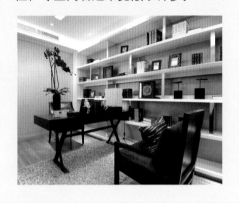

健康提示　　不宜使用泡沫板隔音

　　使用泡沫板做隔音材料不但不环保，而且易燃，造成一定的安全隐患。

装饰细节

造型独特的石膏装饰墙壁令空间饱满充实，整体空间清新、高雅，突显主人的生活品位。

装饰细节

业主对家的装修风格有着自己独特的见地，墙壁上的空间装饰艺术性强，发挥了很好的空间效果。

装饰细节

在灯光的映射下石膏墙壁呈现紫色调，散发出宁静致远的高贵气息，书桌椅在空间中显得高贵、端庄。

4.5 混合材质装饰书房墙面
混合材质装饰的墙壁能满足主人的兴趣爱好

美观、整洁、舒适的生活环境，来自于墙壁装饰的最佳效果。若主人根据自己的爱好和兴趣，将书房墙壁用有防潮、吸声等特点的混合材质装饰，其效果一定美观、整洁、安静、舒适。

装饰细节

蓝色溶剂型内墙乳胶漆，其明亮的光泽散发着温馨，是装饰书房的好材料，可以打造出幽雅、恬静的学习空间。

装饰细节

浅黄色瓷砖装饰书房，绿色植物在暖黄色的空间中显得清新醒目，让人觉得暖意浓浓。

装饰细节

将手工壁纸装饰在书房，不但显得儒雅，而且还具有透气性、吸音、不变形等优点，环保、实用。

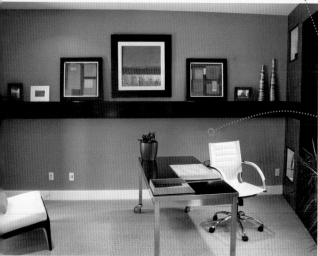

装饰细节

装饰细节

红色乳胶漆墙壁搭配
深色书柜及精美的中式
落地灯，打造出颇具古
典意韵的书房空间。

装饰细节

绿色乳胶漆与黑色木质
隔板装饰的墙壁空间，
清新、雅致，装饰效
果显明，给人一种
安心、畅快的感
觉。

健康提示 书房光线要柔和

书房的光源最好用柔和的白光，这样
有利于舒缓眼睛疲劳。主要把握明亮、
均匀、自然、柔和的原则，不加任何色
彩，这样不易疲劳。建议台灯最好选择
可以调节角度、明暗的灯，读书的时候
可以增加舒适度。

4.6 仿古砖装饰卫浴间墙面
仿古砖铺装的卫生间墙壁追求返璞归真

仿古砖是近年来瓷砖中兴起的一个新品种，它不同于抛光砖和瓷片，它"天生"就有一副"古色古香"的面孔，因此，人们称它为"仿古砖"。除"仿古砖"的称呼外，还有复古砖、古典砖、泛古砖、瓷质釉面砖，等等。从这些称呼上我们可以发现，这些名称中大多都有一个"古"字。仿古砖的"古"是取"古典"、"古雅"的意思，是指希望用带着古典的独特韵味吸引着人们的目光。使用仿古砖装饰卫生间墙面，可以给人一种岁月沧桑、历史厚重的味道。

装饰细节
防污、抗菌、自洁的仿古砖极似天然石材，质地感、立体感强，整个空间温馨舒适，充满安全感。

装饰细节
透出古典欧式韵味的仿古砖，会产生反光，有很好的环保性能，适合装饰在卫浴间。

精彩看点 *1* **墙壁、卫浴盆的铺装**

设计独特的卫浴盆采用仿古砖铺设，墙壁的设计同整体风格协调统一，温馨的装饰使得卫浴空间具有亲和力。

精彩看点 *2* **仿古色调卫浴**

整洁、简单的卫浴空间中，仿古砖花纹墙壁的铺装与空间的整体色调相互呼应，干净、利落，设计独特。

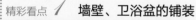

精彩看点 *1* **墙壁、卫浴盆的铺装**

精彩看点 *2* **仿古色调卫浴**

精彩看点 *3* 青色典雅仿古砖

精彩看点 *4* 墙壁的艺术装饰

精彩看点 *3* 青色典雅仿古砖 用青色仿古砖铺设地面和墙壁使得空间呈现出清爽、大气的韵味，绿色植物搭配实木卫浴柜令空间鲜活，透着大自然的气息。

精彩看点 *4* 墙壁的艺术装饰 造型独特的墙壁仿古砖装饰铺装十分引人注目，天然的纹理令人流连忘返，让温馨的空间更具有灵性。

精彩看点 *5* 墙壁的黑白搭配 整个空间呈现黑、白色调，白色仿古砖的搭配赋予空间经典内敛的气质，打造出栩栩如生的灵活空间。

精彩看点 *6* 温馨的米色卫浴 米色的仿古砖墙壁装饰令空间散发出淡淡的咖啡香，营造出宁静、优雅的空间气息，十分温馨。

健康提示　教你鉴别仿古砖

一看：看外观、釉面、图案等，好瓷砖外观无鼓凸、翘角等问题，边直面平，釉面光洁，图案细腻。

二掂：用手掂砖。手感重则砖致密度高，反之则较差。

三敲：用手轻敲仿古砖表面，如果声音清脆响亮，说明瓷砖质量好，烧得熟。

四划：试着以硬物挂擦釉面，若出现刮痕则表明釉面的质量不好，硬度与耐磨度不够。

五滴：把水滴在瓷砖背面，吸水率低，品质好的产品不会有水滴渗透或扩散现象。

精彩看点 *5* 墙壁的黑白搭配

精彩看点 *6* 温馨的米色卫浴

马赛克装饰卫浴间墙面

马赛克铺装的卫生间墙面小巧玲珑、绚丽多彩

马赛克是已知最古老的装饰艺术之一，使用小瓷砖或小陶片创造出图案。现在，马赛克更多地是属于瓷砖的一种，它是一种特殊存在方式的砖，一般由数十块小块的砖组成一块相对大的砖。马赛克因具有小巧玲珑、色彩斑斓的特点而被广泛使用于室内小面积地面、墙面和室外大小幅墙面和地面，出于面积较小，可以做一些拼图，产生渐变的效果。

装饰细节

用红色系马赛克装饰墙壁大胆醒目，搭配红色的卫浴柜和红色的地砖，色调统一，令人陶醉。

装饰细节

墙壁的装饰个性十足，淡黄色的马赛克同左侧紫色瓷砖形成鲜明对比，令整个空间充满着灵动感。

精彩看点 *1* **绿色系马赛克**

宽敞、明亮的卫浴间中，翠绿色马赛克的装饰令空间清新、自然，绿色植物的点缀与其相互呼应，整个空间气氛充满着大自然的气息。

精彩看点 *2* **温馨典雅的卫浴间**

整个空间给人的感觉是温馨的、愉悦的，乳白色的墙壁搭配淡绿色的马赛克装饰，丰富了视觉效果，色调和谐统一。

精彩看点 *1* **绿色系马赛克**

精彩看点 *2* **温馨典雅的卫浴间**

精彩看点 3　灰色系马赛克

精彩看点 3　**灰色系马赛克** 淋浴区地面和墙面采用相同的灰色马赛克，仿古色系的马赛克增添了几分自然风味，使整体空间显得别开生面。

精彩看点 4　**钻蓝色马赛克** 简约、时尚的空间气息中，钻蓝色系的马赛克装饰清爽、大气，让空间在视觉上更通透、流畅。

精彩看点 5　**黑白经典搭配** 黑白色系的马赛克装饰卫浴墙壁经典、时尚，整体空间呈现出黑白色调，给简约的空间带来时尚前卫的气息。

精彩看点 6　**咖啡色马赛克** 大面积采用咖啡色系的马赛克铺装，沉着、稳重而不失时尚，颜色鲜亮的窗帘在阳光的照射下为空间增添了几分生机。

精彩看点 5　黑白经典搭配

精彩看点 6　咖啡色马赛克

4.8 壁纸装饰卫浴间墙面
壁纸铺装卫生间墙面打造出随心所欲的空间

　　壁纸在使用过程中有得天独厚的优点，它具有相对不错的耐磨性、抗污染性以及便于清洁的特点。壁纸是以纸为基材，以聚氯乙烯塑料、纤维等为面层，经压延或涂布、印刷、轧花或发泡而制成的一种墙体装饰材料。

健康提示　环保壁纸的特点

　　环保壁纸是采用纯天然环保木质纤维材质制作而成，不含甲醛和化学成分，含有木质清香，无异味。经久耐用，不褪色掉色，不刺眼，不会有视觉疲劳感。花型花色款式丰富，容易清洁，可用水擦洗，不变色无痕迹。更换时可直接重复装贴，省工、省钱、省事、省心。

装饰细节
欧式风格的卫浴，无论是墙壁的装饰还是窗帘的搭配，都充分体现出欧式风味，这样的空间气氛令人陶醉。

装饰细节
花纹壁纸提升了整个空间的气氛，它以防火、耐磨的特点，为主人营造出健康、舒适的卫浴空间。

精彩看点 *2* 沉稳华丽的空间

精彩看点 *1* 温馨的暖色调

精彩看点 *1* 温馨的暖色调

素雅的空间温馨舒适，墙壁的装饰丰富多彩，设计精巧，从地面到墙壁的装饰呈现出高雅的新古典主义美感。

精彩看点 *2* 沉稳华丽的空间

金色的壁纸尽显高贵华丽，搭配在蓝色的空间中别有一番风味，清爽自然，营造了沉稳而不失活泼的空间感觉。

精彩看点 *3* 雅致黑白花纹

黑白花纹图案壁纸雅致得体，个性十足的吊顶，简约中透露出温馨，原木色的卫浴柜和镜面的合理搭配，令空间显得明快、自然。

精彩看点 *4* 古典意韵的卫浴

深色的壁纸搭配在古典主义卫浴间中稳重时尚，与暖色的地砖形成互补，精美的墙壁装饰颇具古典意韵。

健康提示　要买优质玻璃搁板

卫生间中放化妆品的玻璃搁板要买质量好的，如果放在玻璃上的沐浴露等物品较多，或玻璃的夹子质量差，玻璃会因超负荷而掉下去，有可能还会砸伤人。

精彩看点 *3* 雅致黑白花纹

精彩看点 *4* 古典意韵的卫浴

4.9 玻璃装饰卫浴间墙面

玻璃装饰卫浴间墙面不仅实用而且装饰性强

　　随着现代科学技术的飞跃，人们的审美情趣提高，对生活品质的追求得以实现。各种装饰材料，包括玻璃在内，不再仅仅是功能性材料，而且被融入了大量的自然与人文色彩，在各种形式的装饰工程中被大量运用。各种经过艺术加工的装饰玻璃已走进了千家万户。

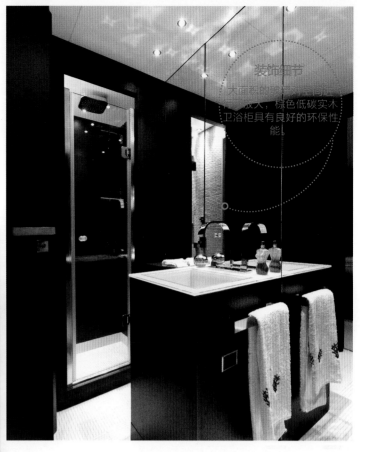

装饰细节

大面积的玻璃设计将空间放大，绿色低碳实木卫浴柜具有良好的环保性能。

精彩看点 *1*　**色块拼合的玻璃淋浴室**
卫浴间的装饰十分醒目，颜色饱满浓烈，淋浴室采用玻璃作为隔断既防止淋浴水溅出，又不遮挡淋浴室中的色块拼贴的装饰效果。

精彩看点 *2*　**洁白无瑕的卫浴间**
卫浴空间简练、干净，洁白的墙壁搭配实木材质卫浴柜清新自然；镜子的装饰不仅对空间进行了放大，同时活跃了整个空间的气氛。

精彩看点 *3*　**墙壁的玻璃装饰**
棕灰色的卫浴间素雅，呈现出一种韵律之美；墙壁上的玻璃装饰精巧别致，装饰性极强，体现出现代感。

精彩看点 *1*　**色块拼合的玻璃淋浴室**

精彩看点 *2*　**洁白无瑕的卫浴间**

精彩看点 *3*　**墙壁的玻璃装饰**

装饰细节

空间呈现出米黄色调，温和优雅；卫浴柜的门面使用玻璃进行装饰，设计巧妙，实用美观。

装饰细节

整个空间通透明亮，晶莹剔透，淡蓝色的玻璃盥洗台在空间中显得十分醒目，清爽自然。

装饰细节

素雅、简约的空间中，咖啡色墙壁透过镜面十分柔和；明亮的玻璃镜面体现出简约、舒适感。

装饰细节

素雅的卫浴空间中安装一面淡蓝色的玻璃镜面，视野开阔、清新自然，充分体现出自然美和返璞归真的感觉。

装饰细节

浴柜上层使用了抗冲击性强、热稳定性好的钢化玻璃，在破损后，会迅速呈现微小钝角颗粒，从而最大限度地保证人身安全。

健康家装细节1500例

卫浴
书房

05
Chapter

书房家具布置

在书房里要合理地安排空间，通常划分为三个区域：在工作区，所有常用的东西都要保证可以很方便地拿到；在辅助区，可以安排那些不常用的设备，比如传真机、打印机；而在休闲区，可以安排一些娱乐项目，或者根据需要做成一个会客环境，并通过一些放松的活动来调节你的工作节奏，比如弹钢琴、浇花。总之，书房应该是个舒适的空间，即使是工作，也应是一个令人愉快的地方。

5.1 书柜的摆放
书柜摆设能够展现个人品位和审美观

书房中书柜的摆设至为重要，在选购到适合自己个人品位和审美情趣的书柜套件后，摆放出使整个书房弥散主人知识文化涵养的气韵，给精神追求营造出一个自主、独立的空间是需要一定技巧的。

健康提示 书柜放在向阳面

如果书房收藏了不少的书，就不得不考虑夏天多雨季节给藏书带来的烦恼。最好的办法就是把书柜放在向阳面，把书桌放在背阳面，藏书和读书都不会受到影响。

装饰细节
实木书桌和书架散发着清新自然的气息，书架上丰富多彩的装饰、摆设体现出主人的气质。

装饰细节
实木质感的落地书架，木材纹理通直，结构均匀，不翘不裂，传递着安静自在的气息。

装饰细节
简洁、安静的书房呈现出端庄、稳重的大气派，书架的实木材质与白色调相互呼应。

装饰细节

实木材质的落地书架稳重大气，充足的收纳空间可以容纳各类书籍，呈现出高雅的新古典主义美感。

装饰细节

典型的欧式书房中，敦厚的书桌和书架尽显高贵，一股欧式古典气息扑面而来。

书架放置 非固定式的书架只要是在拿书方便的场所都可以旋转。入墙式或吊柜式书架对于空间的利用较好，也可以和音响装置、唱片架等组合使用。半身的书架靠墙放置时，空出的上半部分墙壁可以配合壁画等饰品一起布置，这时书架兼有装饰性，因此选用的书最好是比较整齐的、精装的或大部头的专业书之类。

精彩看点 *1* 高贵典雅的空间

精彩看点 *2* 现代风格的书房

精彩看点 *1* **高贵典雅的空间**
　　宽敞明亮的现代书房中，书架自然不能太小，还要稳重大气，收纳功能强；钢琴在空间中显得十分高雅，令人产生遐想。

精彩看点 *2* **现代风格的书房**
　　与墙壁一体的书架充分利用了空间，设计感强，绿色植物和书架上的摆设形成呼应，使生活显得多姿多彩。

精彩看点 *3* **欧式书架**
　　整个空间呈现出欧式气息，敦厚大气的欧式书架和书桌椅尽显高贵、华丽，体现出主人的文化修养和艺术品位。

精彩看点 *4* **欧式古典书房**
　　地面、吊顶、书架和门的装饰呈现出古典书房的美感，各式各样的装饰让空间的表情丰富生动。

精彩看点 *3* 欧式书架

精彩看点 *4* 欧式古典书房

5.2 电脑桌的摆放
电脑桌按空间大小和工作台面的舒适程度进行摆放

书房和小公室不同，因为家庭书房有辅助区可以完成大量的储藏功能，所以家庭书房的电脑桌可以甩开办公室的模式，不必遵行所谓的标准尺寸，而强调工作台面的舒适。有的人喜欢宽大的台面，这要看房间的面积能否容纳；有的人喜欢装饰性强的电脑桌，这要看风格能否融入环境；有的人喜欢多功能电脑桌，则要考虑电脑桌周边的功能配合。购买电脑桌时，我们还要考虑椅子的尺寸和风格，当然，椅子对于电脑桌就像沙发对于茶几，都可以自行搭配。

健康提示　书房布置中的采光问题

书房布置还应注意采光问题，写字台桌面的光线很重要，光线应足够，并且尽量均匀。书桌的摆放一般宜选择靠窗的位置，这样白天可利用自然光，遇有太阳光直射也能以遮光帘或白纱帘调节光源，避免眼睛受到刺激。一个安静舒适的书房让人在提高学识的同时变得温文儒雅。

装饰细节
书房中的电脑桌同书柜连成一体，摆放在拐角的地方既体现美感又节省了空间，十分巧妙。

装饰细节
书房电脑桌摆放在靠窗的地方，阳光充足，风景优美，使人工作起来悠然自得。

装饰细节
纹理美观，色泽鲜艳的桐木，不变形和翘裂，隔潮，耐腐蚀，耐磨损，适合书房装饰。

装饰细节
深色实木材质同书架材质相同，均属低碳材料，整体呼应，协调舒适，给人一种稳重、安全感。

装饰细节
电脑桌同书架设计风格统一，墙上三个圆形装饰使得空间不至于太单调。

健康提示 书房家具规格要符合人体工学

书房是人们在家中学习和工作的地方，在购买时，除了重视书房家具的造型、质量和色彩外，必须考虑到家具要适应人们的活动范围，符合人体健康美学的基本要求。按照我国正常人体生理测算，写字台高度应为72厘米左右，考虑到腿部在桌子下面的活动区域，要求桌下净高不少于58厘米。坐椅应与写字台配套，高度适中，柔软舒适，最好是转椅，以方便人的活动需求。如将书房作为工作室，要考虑到工作台尺寸大小要适合职业需要。总之，掌握人体生理及美学知识，才能将实用性和装饰性完美地统一在一起。

健康家装细节1500例

卫浴
书房

06

Chapter

卫浴间洁具布局

卫浴间是家中最隐秘的一个地方,精心对待卫浴间,就是精心捍卫自己和家人的健康与舒适。布局合理的卫浴间应当有干燥区和非干燥区之分。非干燥区不利于储物,即使是干燥区,卫生纸、毛巾、浴巾等如果长期放置,也一定要用隔湿性好的塑料箱存放,避免受潮,要保证它们拿出来使用时没有一点水气。良好的布局可以增加空间的使用率,如何合理地安放面盆、坐便器、淋浴间等其实是很有学问

6.1 浴缸的选择与安置
浴缸应根据空间大小和个人喜好进行选择

挑选浴缸的时候，首先要考虑的是尺寸、形状、款式及材料。浴缸的大小要根据浴室的尺寸来确定。安装在角落的浴缸比一般长方形的浴缸多占用空间，规格相同的浴缸，其深度、宽度、长度和轮廓也并不完全一样。由于浴缸不是频繁更换的洁具，所以一定要选配得当。

装饰细节
纯白、美观的浴缸，质轻，耐用，采用过滤杀菌、循环使用的模式来达到节水的目的。

装饰细节
异形浴缸，底面后部深、前部浅的设计符合人体舒适度，且节水性能好。

精彩看点 *1* **长方形浴缸** 整个卫浴空间装饰得稳重、得体，洁白无瑕的长方形浴缸平衡了整体空间，显得十分大气。

精彩看点 *2* **椭圆形浴缸** 整体空间呈现黑白经典搭配，造型优美的椭圆形浴缸给空间添加了柔情，体现出主人柔情似水的性格特点。

精彩看点 *1* **长方形浴缸**

精彩看点 *2* **椭圆形浴缸**

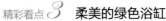

精彩看点 3　柔美的绿色浴缸

精彩看点 4　欧式风格卫浴间

精彩看点 3　柔美的绿色浴缸　淡绿色浴缸清新、自然，大气而圆满，装饰性强，在空间中显得十分醒目，照射进来的阳光令人心情舒畅，舒适自在。

精彩看点 4　欧式风格卫浴间　墙壁的花纹装饰令整个空间色调呈现出一股古典气息，洁白的浴缸散发出温馨、浪漫的气息，绿色植物的装饰增添了情趣。

精彩看点 5　静谧舒适的浴缸　整个空间的装饰陈设稳重、大气，在阳光的照射下增强了立体感，产生质朴的美感，墙壁与地面的装饰也十分个性，完美、和谐。

精彩看点 6　简约舒适的浴缸　大块的黑色墙壁装饰与洁白无瑕的浴缸形成强烈的视觉对比效果，增强了空间的质感，突显出居室的装修风格。

健康提示　浴室盐水除垢法

　　浴帘底部顽劣的污渍可用刷子蘸盐水刷，因为盐的细小颗粒可对脏污产生磨砂效果，之后再用醋擦拭。也可把浴帘加水泡在洗衣机里，加入4杯醋浸泡一夜后再机洗。

精彩看点 5　静谧舒适的浴缸

精彩看点 6　简约舒适的浴缸

6.2 面盆的选择与安置
选择一个自己心仪的面盆十分必要

　　清晨，当沉睡的你被第一缕透过百叶窗的阳光敲醒，拖着慵懒的脚步蹒跚到浴室门口，水龙头晶亮外壳折射的光芒让你迷离，扑向陶瓷面盆光洁的怀抱，将一股股夹着泡泡的涓涓细流扑向面颊，那种柔滑清凉的感觉顿时让你清醒起来。在浴室这个家居生活最隐秘的空间中，面盆这个不起眼的角色能影响你一天的生活情绪。清晨，在这里梳洗整妆，让心情愉悦而自信；夜晚，在这里洗去疲惫，放松劳累了一天的身心。所以，选一款钟情的面盆是十分必要的。

装饰细节
洁净的瓷质面盆，釉面光滑致密，易清理，不留水渍痕迹，非常环保。

装饰细节
实木材质的台面典雅、时尚，洁白的面盆彰显高贵，突出主人的个性与爱好。

装饰细节
整个空间呈现出米色调，设计感极强的台面搭配造型别致的洗手盆，大气且具有新意。

装饰细节
空间明净、整洁，台面的装饰简约、典雅，盘形的面盆造型优美，颇具个性。

装饰细节

大理石墙壁装饰的卫浴间中，面盆的特性十足，精致独特，突显整个空间的高贵感。

装饰细节

墙壁的散乱马赛克铺装错综有序，造型精美的面盆突显个性，别有一番情趣。

装饰细节

整个空间呈现红、白色系，清爽、大气，圆形的面盆缓解了空间的生硬感。

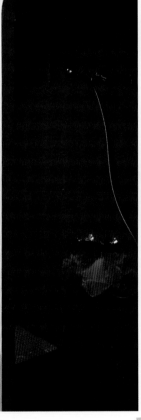

装饰细节

空间采用黑、白的经典装饰，两个面盆中间摆放一瓶绿色花卉，令空间生机盎然。

装饰细节

宽敞、舒适的卫浴间中，安装双人面盆，可以节约早上的时间；墙壁的装饰活跃了气氛。

健康提示 **慎用漂白剂**

大部分漂白剂都含有一种名为次氯酸钠的化学物质，它具有很强的腐蚀性，会释放出具有刺激性的有毒气体，过度接触可能对肺部和头发造成损伤。

6.3 座便器的选择与安置
座便器在日常生活中起着极其重要的作用

作为卫浴间三大洁具之一的座便器，在日常生活中扮演着极其重要的角色，同时它也是卫生间设备采购中的重头戏。尽管市场上的座便器造型各异，而且冲洗方式和性能也有所不同，但其基本的冲水系统原理仍是大同小异的。选择舒适耐用的座便器对日常生活是十分重要的。

装饰细节
温馨的色调中，洁白无瑕的座便器美观舒适，突显空间的气质，令人愉悦。

装饰细节
墙壁的装饰丰富多彩，艺术性极强，座便器与卫浴柜设计风格协调统一，空间气氛活跃。

装饰细节
座便器的水箱、马桶座体合二为一。安装省事，便于清洁。占地较小，造型多变化。

装饰细节
座便器、浴缸和盥洗台的风格统一搭配，节奏感强；墙壁的装饰具有艺术性。

精彩看点 *1* **庄重典雅的空间**

精彩看点 *2* **精美独特的座便器**

精彩看点 *1* **庄重典雅的空间** 洁净的卫浴空间中，墙壁上装修的座便器简约而不简单，造型感强，展现庄重、典雅的空间风格。

精彩看点 *2* **精美独特的座便器** 造型精美的座便器在卫浴间中显得华丽、高贵，充满着艺术气息，体现出房间主人对待生活的态度。

精彩看点 *3* **突出个性的空间** 宽敞、明亮的卫浴间中，座便器的设计独特，简单实用而不失美感，令空间充满大自然的生机，突出了个人的爱好与个性。

精彩看点 *4* **中规中矩的空间** 整个空间装饰线条感强烈，中规中矩，方形的座便器与空间元素相互呼应，整体感强，别有一番情趣。

健康提示 **少用厕所清洁剂**

厕所清洁剂里通常含有萘，这种有毒物质会刺激皮肤、眼睛和呼吸道。大量吸入后，人的肝脏和肾会遭到损害。 替代方案：将250毫升白醋倒入便池内，隔天再刷。

精彩看点 *3* **突出个性的空间**

精彩看点 *4* **中规中矩的空间**

卫生间不安装排风扇会导致废气存留。很多人在设计卫生间时认为在卫生间安一个带排风功能的浴霸就能满足其排风功能了，其实这是不科学的。浴霸排风大多数是把废气排放到卫生间原顶及扣板吊顶的夹层中了，废气很难由烟道排出，致使大量废气仍在室内存留。所以卫生间最好选择一个加大风压和功率较大的新型离心式排气扇。

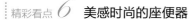

精彩看点 *6*　美感时尚的座便器

精彩看点 *5*　洁白雅致的座便器

精彩看点 *5*　**洁白雅致的座便器**　整体空间的装饰风格个性十足，墙壁造型设计独特，椭圆形的座便器在空间中显得十分抢眼，舒适感油然而生。

精彩看点 *6*　**美感时尚的座便器**　洁白无瑕的座便器上修饰有花纹图案，美观大气，十分抢眼，形成卫浴空间中的一道亮丽风景，令人愉悦。

精彩看点 *7*　**独特造型的座便器**　整个空间中面盆和座便器设计独特，彰显个性，淡蓝色的墙壁丰富了空间表情，营造出明净、凉爽的气氛。

精彩看点 *8*　**结构感强的座便器**　黑白经典卫浴中，座便器的造型结构感强，与空间风格相互呼应，搭配得恰到好处。

精彩看点 *7*　独特造型的座便器

精彩看点 *8*　结构感强的座便器

6.4 五金件的选择

阀芯是水龙头的心脏，陶瓷阀芯是最好的

市场上各式各样的五金件铺天盖地，价格悬殊很大，面对一个个锃光瓦亮花里胡哨的五金件该如何选择呢？必须注意以下两点：一是不能单纯图便宜，二是要注重性价比。一般来讲，常规品牌的五金件价格差别并不大，但质量的差别却很大。陶瓷阀芯具有使用寿命更长、密封性好，不容易漏水，有效防止水垢产生、耐高温、不易腐蚀等优点。

精彩看点 *1* 精密铸造的水龙头

精彩看点 *2* 水龙头的精美设计

精彩看点 *1* **精密铸造的水龙头**

用有色金属通过精密铸造而成的水龙头锃光瓦亮，而且其镀层终生不会剥落，精致美观。

精彩看点 *2* **水龙头的精美设计**

温馨舒适的卫浴空间自然少不了用精美的五金件进行点缀，水龙头经由机械加工、磨抛成型、表面镀铬等处理，达到精美的视觉效果。

装饰细节

造型优美的面盆素雅、独特，精致的金属器件与之呼应，突显稳重大气的空间气质。

装饰细节

木材质装修的地面、墙壁和柜子突显主人的爱好和个性；金属器件在空间中显得十分耀眼。

健康提示 通风设备不能少

卫浴间是家中最潮湿的地方，空气中容易带菌，影响家人呼吸或引起皮肤过敏，所以卫浴间必须有排风扇，而且排风扇必须安装逆行闸门，以防止污浊空气倒流。

健康家装细节1500例

卫浴
书房

07
Chapter

软装设计

"软装饰"是相对于建筑本身的硬结构空间提出来的，是建筑视觉空间的延伸和发展。"软装饰"之于室内环境，犹如公园里的花草树木、山、石、小溪、曲径、水榭，是赋予室内空间生机与精神价值的重要元素；它对现代室内空间设计起到了烘托气氛、创造环境意境、丰富空间层次、强化室内环境风格、调节环境色彩等作用，毋庸置疑地成为了室内设计过程中画龙点睛的部分。

7.1 用装饰画、饰品装饰书房
想要一个十分温馨的书房，装饰是必不可少的

　　书房是居家主人个性的展现空间，它直接体现主人的品位与个性。而使书房的硬环境成为轻松工作、愉快阅读的个性软环境空间，是每一个时尚家居主人梦寐以求的梦想。因此，使用装饰画、饰品对书房进行装饰是非常有必要的，甚至可以达到意想不到的效果。

 健康提示　选用活性炭环保装饰画装饰空间

　　活性炭环保装饰画可以有效去除有害、有毒物质（如：甲醛、苯等），它可以吸附居室内因装修后装饰材料及家具所散发的刺鼻、刺眼气味，降低室内总的有机物含量。它还能去除臭味、异味、室内烟味、吸附二氧化碳等气体，从而改善居室的空气质量，保障人体健康。

装饰细节
现代风格的书房清新、自然，墙壁上黄色的装饰十分醒目，设计独特，为空间增添了跳跃的元素。

装饰细节
三幅风景画衬托出空间的意境，悠闲、舒适素雅时尚。

装饰细节
素雅的蓝色调营造出书房的复古韵味，书架的摆设体现出主人的生活品位。

装饰细节

优质陶瓷花瓶，外表美观，触感光滑，而且与花卉的色彩对比强烈，给人一种温馨、安乐的感觉。

装饰细节

墙壁使用墙纸铺装，搭配深色的欧式书桌椅令空间温馨、典雅；墙上的装饰画烘托出空间气氛。

油画选择

首先，要把握好油画的尺寸，过大会导致强烈的压迫感，过小则给油画自身带来了局限，不能很好地展现油画的艺术性。其次，要注意把握好"静"。画面主题内容的动感度应较低，同时在色调的选择上也要在"柔"的基础上偏向冷色系，以营造出"静"的氛围。配画构图应有强烈的层次感和远延拉伸感，在增大书房空间感的同时，也有助于恢复眼部疲劳。

7.2 书房中绿色植物的布置
绿色植物在书房中起到了调节空气的作用

　　越来越多的人开始关注书房的环境及其装饰装修。所谓绿色书房就是营造一个洁净的阅读场所。绿色书房需要有选择地用绿色植物来美化、点缀，把大自然的气息"移植"到书房里来。从色彩上看，植物花卉可以同书房墙面、地面的色彩形成对比，使植物花卉更加清新悦目；从摆设上看，可用植物花卉来填充书房里的角落，使书房更加充实，打破四壁墙角的生硬感。

健康提示　书房中适合摆放的植物

　　书房是读书、写字、绘图、用电脑的房间，是文雅、静谧和有序的地方，因此要以文静、秀美、雅致的植物来渲染文化气息，如文竹、吊兰、棕竹、芦荟、绿萝、常青藤等，或摆放小山石盆景，会给文静的书房增添一份幽雅感，并能缓和视觉疲劳和脑神经的紧张。

装饰细节
温馨的书房中弥漫着大自然的气息，绿色盆栽的摆放与窗外的风景相互呼应，悠然自得。

装饰细节
实木色的地板和书桌椅搭配乳白色的墙壁清新自然，花卉和乳白色的花瓶为空间注入了一丝春意。

装饰细节
静谧、素雅的书房中，绿色盆栽的装饰使得空间清新、大气；书柜的摆设稳重，营造出安静的氛围。

书房的颜色要柔和，使人平静，最好以冷色为主，如蓝、绿、灰紫等。尽量避免跳跃和对比的颜色，减少过多的装饰。建议书房墙面上用亚光涂料、壁纸、壁布等以增加静音效果，起到避免眩光的作用，可以让情绪少受环境的影响。

装饰细节

透明玻璃花瓶里的一束鲜花清新、自然，打破了办公空间的紧张气氛，为空间注入了活力。

装饰细节

黄色花卉与白色墙面形成鲜明对比，给人轻快、通明、愉悦、愉悦的感觉，装饰效果突出。

健康提示 打造静心书房

书房的颜色要柔和，使人平静，最好以冷色为主，如蓝、绿、灰紫等。尽量避免跳跃和对比的颜色，减少过多的装饰。建议书房墙面上用亚光涂料、壁纸、壁布等以增加静音效果，起到避免眩光的作用，可以让情绪少受环境的影响。

7.3 书房灯饰的选择
选择灯饰主要考虑灯光的功能性和装饰性

　　好的灯饰集节能、装饰、照明于一身。在家居装修上，选择恰当的灯饰可为家居增添舒适的视觉效果。选择书房灯具时主要考虑应满足阅读、写作功能，以局部照明为主。因主要考虑的是灯光的功能性，故款式在和书房匹配的同时，简单大方即可。书房灯具的光要柔和明亮，以避免炫目。书桌上不可缺少台灯作为局部照明灯使用，这样更便于学习和工作。

> **健康提示**　书房台灯的选择以舒适护眼为宜
>
> 　　书房台灯比较重要，不同的书房台灯带来的视觉效果也不一样，所以大家在选择书房台灯时要斟酌。书房台灯以明亮、舒适为宜，最好选用带反射罩、下部开口的直射护眼书房台灯。书柜内也可装设一些射灯，有照明作用。

○ **装饰细节**
精致美观的铁艺吊灯，质感突显，造型优美，柔和的光线非常适合读书学习，不影响视力。

○ **装饰细节**
整个书房呈现黑白经典搭配，黑色的书桌椅端庄、稳重；白色的台灯简约而时尚。

○ **装饰细节**
书桌上的台灯造型精美、独特，与书桌形成统一装饰风格，尽显高贵、典雅。

精彩看点 *2*　造型独特的落地灯

精彩看点 *1*　造型别致的台灯

精彩看点 *1*　**造型别致的台灯**　整个空间以黑、白、灰色调为基准，洁白的书桌搭配造型别致的欧式台灯尽显高贵；鲜艳而不跳跃的花卉点缀着空间，华丽感油然而生。

精彩看点 *2*　**造型独特的落地灯**　空间素雅、简约，白色的落地灯可升降，灵活自如，搭配在整个空间中别致独特，令空间别有一番情趣。

精彩看点 *3*　**温馨的暖色灯具**　红色与黄色的搭配温馨感极强，造型精美的橙色落地灯和吊灯点燃了空间的温度，在这样的环境下读书真所谓悠闲自在、怡然自得。

精彩看点 *4*　**古典中式灯具**　将书桌台放在阳光充足但不直射的窗边，充分利用自然光。桌面上的台灯在空间中显得十分雅致。

精彩看点 *3*　**温馨的暖色灯具**

精彩看点 *4*　**古典中式灯具**

7.4 梳妆镜的选择
梳妆镜的选择要同空间的整体风格和谐统一

女孩子总是比较注重自己的仪容，所以照镜子几乎成为每日的必修功课。一块外形美观且照得你靓靓的魔镜，肯定会成为你的心头最爱。

装饰细节

长方形的梳妆镜镜框，实木材质，含碳量低，环保性和装饰性都非常好。

装饰细节

宽敞的镜面在空间中显得稳重、大气，视野开阔，绿色植物的摆设为空间带来了几分生机。

健康提示 电路改造防漏电

卫浴间的电线接头处必须挂锡，并要缠上防水胶布和绝缘胶布，以防止漏电、短路；电线体必须套上阻燃管，所有开关和插座必须有防潮盒。

精彩看点 *1* **中式古典的梳妆台** 空间呈现古典中式风格，有些复古的意境，温馨浪漫，梳妆镜在灯光的照射下呈现冷色调，与空间形成冷暖对比，别有一番意境。

精彩看点 *2* **简约时尚的梳妆镜** 温馨复古的梳妆台，大面积的镜面使得空间有了扩展延伸的效果，整体空间干净、简洁。

精彩看点 *1* **中式古典的梳妆台**

精彩看点 *2* **简约时尚的梳妆镜**

装饰细节
具有现代中式风格的卫浴间搭配无边框梳妆镜；橘黄色的洗手盆在空间中显得十分别致。

装饰细节
深红色的台面搭配白色花纹图案的墙壁高贵、华丽，尽显时尚；绿色植物使得空间生机盎然。

装饰细节
结构简单且卓显大气、前卫时尚的卫浴镜，质感好，镜面显示效果佳。

装饰细节
酒红色的梳妆台搭配相同材质装裱的镜面简约、时尚；花纹图案为空间注入了跳跃的元素。

装饰细节
墙壁的装饰别具一格，实木材质的台面与整体色调协调统一，空间温暖舒适，明净的镜面令空间充满朝气。

装饰细节

粉绿色的马赛克装饰墙壁清新自然，镶嵌的梳妆镜点缀提亮了空间，令视野延伸。

装饰细节

造型独特的梳妆镜同空间内的图案相互呼应，自然清新，营造出非凡的效果。

健康提示 卫生间装修中不可忽视等电位联结

卫生间的澡盆或淋浴池金属件必须作局部等电位联结，以减少电位差，防止人在洗澡时发生电击事故。

装饰细节

造型精美的圆镜在空间中显得稳重、素雅，与圆形洗手盆相得益彰，突显现代风格空间。

装饰细节

咖啡色的台面纹理新颖别致，柔和的灯光弥漫着空间，造型独特的梳妆镜浪漫洒脱。

装饰细节

洁白的空间中，红色花纹图案窗帘的点缀十分醒目；镜子的映射烘托出浪漫优雅的气氛。

精彩看点 *3* 简洁明快的梳妆镜

精彩看点 *3* 简洁明快的梳妆镜

洁白的洗手盆搭配大镜面清新、明快，在咖啡色墙壁的映衬下稳重大气，营造出高雅的气氛。

精彩看点 *4* 黑白经典搭配

整个空间呈现黑白色系，经典时尚，梳妆镜与卫浴柜和谐交融，高贵大气，极具现代感。

精彩看点 *5* 清新自然的现代风格

清新的梳妆镜明亮、优美，台面的装饰营造出高雅、别致的空间气氛，令空间表情丰富生动。

精彩看点 *6* 经典搭配的梳妆镜

黑白的经典搭配散发出宁静、高雅的气息，光亮的卫浴柜门和梳妆镜在灯光的映射下层次感极强，显得高贵大气。

精彩看点 *5* 清新自然的现代风格

精彩看点 *6* 经典搭配的梳妆镜

7.5 卫浴间中绿色植物的布置
卫浴间中绿色植物适宜摆放在墙角

　　卫生间面积较小，一般湿度较大，且较阴暗，不利于一般植物生长，因此应选择抵抗力强且耐湿喜阴的蕨类植物。卫生间采用吊盆式较为理想，悬吊高度以淋浴时不被水冲到为佳。枝叶过密的花卉若放置不当，可能给空间造成大片阴影，所以一般高大的植物宜放在墙角、橱柜边，让家具挡住植物的花盆，使它们的枝叶伸出来，改变空间的形态和气氛。

装饰细节
整个空间呈现出欧式风格，丰富饱满；绿色植物使卫浴空间增添了几分生机。

装饰细节
温馨的米色调卫浴间在阳光的照射下明亮、舒适，绿色植物为空间注入了活力。

装饰细节
素雅、时尚的空间中，墙壁的装饰精心别致，与绿色植物共同营造出时尚的空间。

装饰细节
球形植物净化了卫浴间的空气，金属花盆为空间带来了活力。

健康提示　使用安全玻璃

　　幕墙、各类天棚、吊顶、室内隔断、倾斜装配窗等都必须使用安全玻璃。它与普通玻璃最大的区别就在于它具有卓越的安全特性，可有效减少和避免玻璃伤人事件发生。由于中间膜与玻璃牢固的韧性黏结，使得夹层玻璃可以"破而不碎"，即使有意外撞击致使夹层玻璃破碎，碎片仍会附在中间膜上，从而使碎玻璃掉落对人体伤害的可能会降到最低。

精彩看点 1　清爽大气的卫浴

精彩看点 1　**清爽大气的卫浴**　白色瓷砖铺设的卫浴间洁白明净，绿色植物在空间中显得春意盎然，为空间带来了几分生机，在这样的空间中淋浴使人悠然自得。

精彩看点 2　**惬意简单的绿色**　整个空间呈现黑、白、黄色调，绿色植物清香、自然，简单又富有欣赏性，营造出生机盎然的空间氛围，十分惬意。

精彩看点 3　**欧式的装饰风格**　空间呈现典型的欧式风格，墙壁采用仿古瓷砖装饰搭配深色的卫浴柜稳重大气，体现着设计的独到之处。

精彩看点 4　**简洁的现代卫浴**　素雅的空间洁白无瑕，绿色的点缀令空间生机勃勃，营造出细微变化的空间情趣，体现出硬朗明快的特点。

健康提示　**卫生间布置的植物与作用**

　　卫生间通常有背阴、湿气大的问题，在植物上可以选择吊兰、绿萝等易于在背阴处生长的绿色植物，不仅能够美化空间，还可以起到净化空气，制造氧气的作用。

精彩看点 3　欧式的装饰风格

精彩看点 4　简洁的现代卫浴

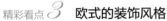

精彩看点 *5*　惬意的卫浴空间

精彩看点 *5*　惬意的卫浴空间

卫浴间装饰得简约、独特，透过磨砂玻璃与大自然息息相连，十分惬意；墙壁处摆放的绿色植物呼应着空间的整体气氛。

精彩看点 *6*　仿古砖的铺装

整个空间的地砖和墙壁都采用仿古砖铺装，素雅、清新；绿色盆栽令空间充满生机，增添了几分清凉。

精彩看点 *7*　墙壁和地砖的铺装

绿色植物摆放巧妙地糅合了现代感的墙壁和怀旧风格的地砖。

精彩看点 *8*　墙壁的装饰

墙壁的装饰丰富多彩，与整体空间搭配十分和谐，绿色植物的摆放营造出了优美清爽的空间气氛。

健康提示　浴缸内也要铺防滑垫

卫浴间不仅地面要防滑，浴缸内外也要有保护措施。选择底部有防滑颗粒的浴缸，并在浴缸前铺防滑垫，给洗浴全程带来轻松便利和安全。

精彩看点 *7*　墙壁和地砖的铺装

精彩看点 *8*　墙壁的装饰

7.6 卫浴间灯饰的选择
卫浴间中灯饰的选择要注意材质是否防潮

　　卫浴间灯具的选择有两个关键需要注意：吸顶的主灯和洗手盆上面的壁灯可以散发出不带颜色的灯光。另一个是在选购的时候注意灯饰的支架材料，有些镀层不好的灯饰在卫浴间环境中，表层容易发生氧化，使得灯饰锈渍斑斑，很不雅观。宽大的卫浴间选择一款样式精美的吊灯能起到很好的装饰效果。

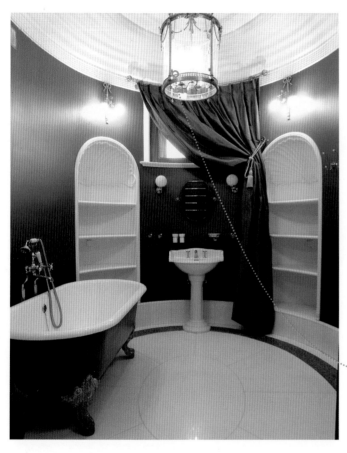

装饰细节
空间装饰元素、符号无处不在，装点出高贵、典雅的异域风情，造型独特的吊灯更显精致。

装饰细节
金色吊灯与蓝色调空间形成对比，清爽自然。墙壁的装饰突显个性，浴盆脚架的造型风格与吊灯相似。

精彩看点 *1*　**宽敞的欧式卫浴** 深棕色的实木地板在纯白的空间中显得十分稳重，营造出舒适、静谧的自然主义空间，吊灯的搭配恰到好处。

精彩看点 *2*　**清新自然的意境** 灰色的墙壁搭配实木色地板简约大气，整体空间弥漫着清香、自然的悠然气息，吊灯与空间显得十分和谐。

精彩看点 *1*　**宽敞的欧式卫浴**

精彩看点 *2*　**清新自然的意境**

装饰细节

整个空间呈现温馨的暖色调，精美的灯具给空间带来了灵气。

装饰细节

白色的落地灯在空间中显得十分醒目，传递着安静自在的气息。

装饰细节

素雅洁白的空间中，黑色的吊灯显得格外醒目，为空间带来了几分神秘、几分温馨。

装饰细节

造型别致的灯具与整个空间氛围相互呼应，温馨舒适；台面上的金属器皿点缀了整个空间。

装饰细节

造型美观的吊灯，其光线柔和，做工精致，独具匠心。

🌀 **健康提示** **正确使用彩色灯光**

　　灯光色彩对人的心理和生理有很大的影响，如蓝色可减缓心律、调节平衡，消除紧张情绪；绿色有利于安静休息和睡眠，易消除疲劳；红色、橙色、黄色能使人兴奋；白色可使高血压患者血压降低，心平气和；红色则使人血压升高，呼吸加快。